L'anniversaire de Monsieur Guillaume

Pour l'instritrutrice de Quintillan

ISBN 978-2-211-03756-3
© 1996, l'école des loisirs, Paris
Loi numéro 49 956 du 16 juillet 1949 sur les publications
destinées à la jeunesse : janvier 1996
Dépôt légal : mars 2018
Imprimé en France par Clerc SAS à Saint-Amand-Montrond

Anaïs Vaugelade

L'anniversaire
de Monsieur Guillaume

les lutins de l'école des loisirs
11, rue de Sèvres, Paris 6ᵉ

Comme aujourd'hui c'est son anniversaire, Monsieur Guillaume a décidé de déjeuner au restaurant.

Il fait son lit et plie son pyjama ; il met sa culotte, sa veste verte et son bonnet.

Il met aussi une écharpe que son papa lui a tricotée. Et justement, c'est l'heure du déjeuner.

Un gros rat fume près de la porte. – Où vas-tu, Monsieur Guillaume ?
–Je vais au restaurant, déjeuner d'un joli pâté, car c'est mon anniversaire, et c'est mon plat préféré.

–C'est une idée, couine le rat. Toutefois je préfère la croûte de gruyère ; y en a-t-il au restaurant ?
–Sûrement, répond Guillaume, c'est un restaurant étonnant.
–Alors, je vais avec toi.

Dehors, il a beaucoup neigé. Sur le mur, une petite poule écrit dans un cahier.
— Où allez-vous, le gros rat et Monsieur Guillaume ?
— Nous allons au restaurant, déjeuner d'une croûte de gruyère…
— Et d'un joli pâté, car c'est mon anniversaire, et c'est mon plat préféré.

−Pott, pott, dit la poule, j'aime mieux le pudding de blé ; y en a-t-il au restaurant ?

−Sûrement, répond Guillaume, c'est un grand restaurant.

−Alors, je vais avec vous.

Ils marchent, ils marchent. Sur le bord du chemin, un chat grognon répare son camion.
— Où allez-vous, le gros rat, la petite poule et Monsieur Guillaume ?
— Nous allons au restaurant, déjeuner d'une croûte de gruyère, d'un pudding de blé…
— Et d'un joli pâté, car c'est mon anniversaire, et c'est mon plat préféré.

–Gronch, ronchonne le chat grognon, rien de meilleur qu'une tarte aux lardons ;
mais au restaurant, jamais ils n'en ont.
–Bien sûr que si, voyons, c'est un restaurant d'exception !
–Alors, je vais avec vous.

Un cochon d'hiver coupe du houx et des bruyères.

– Où allez-vous, le gros rat, la petite poule, le chat grognon et Monsieur Guillaume?

– Nous allons au restaurant, déjeuner d'une croûte de gruyère, d'un pudding de blé, d'une tarte aux lardons…

– Et d'un joli pâté, car c'est mon anniversaire, et c'est mon plat préféré.

—Hum, dit le cochon d'hiver, moi j'aime les pommes de terre,
toutes sortes de pommes de terre. Y en a-t-il au restaurant?
—Sûrement, répond Guillaume, c'est un restaurant élégant.
—Alors, je vais avec vous.

Ils marchent, ils marchent. Le chat est très impressionné, car il pense que le cochon d'hiver

n cousin du Père Noël ; c'est vrai qu'ils ont le même manteau, mais ils ne sont pas de la même famille.

«J'ai FAIM», hurle le loup,

« Je vais vous MANGER ! »

– C'est normal d'avoir faim, répond Monsieur Guillaume, puisque c'est l'heure du déjeuner.
Justement nous allons au restaurant, manger une croûte de gruyère, un pudding de blé,
une tarte aux lardons, toutes sortes de pommes de terre et un joli pâté,
car c'est mon anniversaire, et c'est mon plat préféré.

−Quand j'étais un petit loulou, ma maman me préparait un gâteau fondant à chaque anniversaire, soupire le loup.

−Au restaurant, sûrement… suggère la petite poule, sûrement il y aura un gâteau fondant.

−Je peux venir avec vous?

Alors ils marchent, ils marchent.

Et comme ils ont beaucoup marché, ils arrivent au restaurant.

Jeanne des Cuisines les attendait.
– Bonjour, bonjour, bonjour, et ils parlent tous en même temps : croûte de gruyère, pudding de blé,
tarte aux lardons, pommes de terre, gâteau fondant et joli pâté…

—Bonjour, dit calmement Jeanne. J'ai préparé des coquillettes au jambon.

Ça tombe bien,

tout le monde adore ça.

Et puis, il y a douze bougies plantées dans les coquillett

...rce que ce sont des coquillettes d'anniversaire.